AF451501

PETIT LIVRE
DE COMPLIMENTS

EN PROSE ET EN VERS

POUR

LE JOUR DE L'AN ET LES FÊTES

PAR DIVERS AUTEURS

NOUVELLE ÉDITION

PARIS

THÉODORE LEFÈVRE ET Cie

RUE DES POITEVINS, 2

PETIT LIVRE
DE COMPLIMENTS

PREMIÈRE PARTIE

COMPLIMENTS EN PROSE

POUR LE JOUR DE L'AN.

A un Père et à une Mère ensemble.

D'un petit garçon à ses Parents.

MON CHER PAPA ET MA CHÈRE MAMAN,

On m'annonce qu'une nouvelle année commence, et qu'il faut vous dire combien je vous aime et combien je désire vous voir heureux.

A cela je réponds que je vous l'ai dit hier, et que je vous le dirai encore demain. Mais afin que ce ne soit pas la même chose aujourd'hui, je

veux vous embrasser trois fois, et vous prier
d'aimer beaucoup, beaucoup votre petit N., qui,
de son côté, sera bien sage et bien obéissant
pour vous faire plaisir et vous voir toujours bien
contents de lui.

D'une petite fille à ses Parents.

MON CHER PAPA ET MA CHÈRE MAMAN,

Jusqu'à présent j'ai appris des compliments
pour vous les répéter sans trop savoir ce que je
disais.

Cette année je veux en composer un moi-
même, parce que je sais bien ce qui peut vous
faire plaisir. Le voici :

Mon cher papa et ma chère maman,

Je vous souhaite, pour vos étrennes, une petite
fille bien sage, bien docile; qui écoute tout ce
qu'on lui dit ; qui apprenne tout ce qu'on lui
enseigne; qui ne fasse jamais ce qu'on lui dé-
fend, etc., etc., etc.; et je serai cette petite
fille-là.

A un Père et à une Mère.

MES CHERS PARENTS,

A vous qui me donnez tant de choses, que pourrai-je offrir à mon tour ? Mon cœur !.., vous l'avez depuis que je sais aimer, et pourtant je sens le besoin d'ajouter aujourd'hui à cette offrande. J'y joindrai donc celle de ma volonté, je n'en veux plus avoir d'autre que la vôtre, et désormais ma docilité, devenue parfaite, ne vous laissera rien à désirer.

A un Père et à une Mère.

MON CHER PAPA ET MA CHÈRE MAMAN,

C'est un bien beau jour pour moi que celui où je puis vous répéter que je vous aime de tout mon cœur, et vous dire que j'adresse constamment mes prières au Seigneur, afin qu'il vous comble de ses faveurs. Mais j'ai encore un moyen de reconnaître vos tendres soins et votre bonté, c'est de redoubler de zèle pour l'accomplissement de mes devoirs, de me livrer avec une nouvelle ardeur à l'étude, au travail, et enfin de suivre vos sages avis. J'espère donc, mon cher papa et ma chère maman, vous offrir cette année, par ma sagesse et ma bonne conduite, la seule récompense digne de vous être présentée.

A des Parents auxquels l'éducation de leurs enfants coûte de grands sacrifices.

Cette nouvelle année, ô mes chers parents, doit être pour vous et pour moi la première d'une ère nouvelle ; que ne peut-elle marquer la limite de vos sacrifices et le commencement d'un dévouement auquel je ne veux mettre ni bornes ni réserve. C'est ce que la suite vous prouvera mieux encore que je ne puis vous l'assurer aujourd'hui ; j'espère bien pouvoir le répéter à pareille époque pendant une longue suite d'années, et vous le témoigner tous les jours de ma vie·car c'est à vous que je la dois, et il est bien juste que je vous la consacre.

Lettre à des Parents absents.

Je voudrais charger les anges de vous porter ma lettre, ils vous feraient comprendre, mieux que je ne puis l'exprimer, tout ce que mon cœur renferme d'amour, de reconnaissance et de dévouement pour vous. Je les prie de déposer mes vœux aux pieds de l'Éternel, qui exauce toujours la prière des enfants. Que ne puis-je recevoir en ce jour vos embrassements, ils me seraient plus doux que les plus magnifiques étrennes; du moins, chers parents, accordez-moi votre bénédiction, elle ranimera mon courage, et m'aidera à supporter la cruelle épreuve de l'absence, qui doit se terminer par la plus ineffable des joies, celle du retour.

Promesse d'un enfant qui a mécontenté ses Parents l'année précédente.

MES CHERS ET BONS PARENTS,

J'ai mérité votre disgrâce, et il faut que j'aie été bien coupable pour obliger des cœurs aussi indulgents que les vôtres, à se montrer sévères envers moi. Plus affecté de la peine que je vous ai faite que de celle que je me suis attirée, je viens, la rougeur au front et le repentir dans le cœur, vous promettre une conduite meilleure, en vous souhaitant une bonne année. Puisse-t-elle s'écouler pour vous, exempte de toute amertume. Loin de vous en causer, désormais je tâcherai, par ma sagesse et mon application, de contribuer à votre félicité, et d'intéresser le Ciel en ma faveur par mes ferventes prières, afin qu'il m'aide à tenir mes résolutions.

A un Père.

D'un petit garçon à son Papa

MON CHER PAPA,

Je suis bien content de savoir tenir une plume et de pouvoir m'en servir pour vous souhaiter une heureuse année par écrit, afin de vous offrir pour étrennes une preuve de mon application, et de mon désir de vous contenter.

Veuillez, mon cher papa, accueillir avec bonté ce faible essai, et recevoir l'assurance du respect et de la soumission

de votre petit N.

D'un enfant plus âgé à son Père.

MON CHER PAPA,

Le jour de l'an est, dit-on, la fête de tous les enfants, parce qu'ils reçoivent des joujoux et des bonbons; moi, je trouve que c'est surtout parce qu'ils ont le bonheur d'exprimer en cette occasion, à leurs parents, les vœux qu'ils ne cessent de former pour tout ce qui peut contribuer à leur satisfaction.

Quant à moi, mon cher papa, une seule chose m'occupe aujourd'hui; c'est le plaisir de vous redire combien je vous aime et combien je désire vous voir toujours heureux.

Croyez que je ferai tout ce qui dépendra de moi pour y contribuer pendant le cours de cette année, afin de vous prouver que je veux mériter toutes les bontés dont vous ne cessez de combler

Votre respectueux fils.

D'une petite fille à son Papa.

MON CHER PAPA,

J'ai été bien contente, en m'éveillant ce matin, de penser que c'est demain le jour de l'an et que je vous souhaiterai la bonne année ce soir.

Pour ne pas arriver les mains vides, je veux vous écrire mon petit compliment, afin de vous répéter de toutes les manières les vœux que je ne cesse d'adresser au Ciel pour la conservation de vos précieux jours, et l'entier accomplissement de ce que vous pouvez désirer.

D'une jeune fille plus âgée à son Père.

MON CHER PAPA,

Puissé-je, pendant le cours de l'année qui va commencer, voir se réaliser tous les vœux que je forme chaque jour pour votre bonheur !

Mon cœur, pénétré des plus tendres sentiments, manque d'expressions pour rendre ce qu'il éprouve, mais votre indulgente bonté me viendra en aide ; j'espère que vous voudrez bier me tenir compte de l'intention, et distinguer, à travers mon embarras, le respectueux et profond attachement avec lequel je suis

Votre soumise fille.

A un Père qui vient de perdre sa femme.

CHER PÈRE,

Ce n'est point une inconvenance, que de vous adresser des souhaits de bonheur après le coup qui nous a tous frappés. En nous acquittant de ce devoir filial, à ce renouvellement d'année, nous venons vous promettre toutes les consolations qu'il dépendra de nous de vous donner.

Réunissant sur vous toutes nos affections, nous redoublerons d'amour et de zèle, et nous essaierons de vous faire encore trouver la vie douce, afin que vous vous y rattachiez pour vos enfants, qui ont tant besoin de vos soins et de votre tendresse.

1.

A une Mère.

D'un petit garçon à sa Maman.

BONNE MÈRE,

Recevez, au commencement de cette année, les vœux bien sincères que votre petit N. adresse chaque jour pour vous au Seigneur ; s'ils sont exaucés, comme il l'espère, vous serez aussi heureuse que vous êtes bonne, et il sera aussi sage que vous pourriez le désirer.

D'un petit garçon à sa Mère.

MA CHÈRE MAMAN,

On m'a dit qu'il fallait vous faire un compliment de bonne année ; je préfère vous dire simplement que je vous aime de tout mon cœur et de toutes mes forces, et que je ne cesserai jamais de vous aimer. Hier au soir, j'ai prié bien ardemment le bon Dieu, afin qu'il daigne faire pour vous ce que vous faites pour moi. En attendant, je vous promets d'être bien sage et bien obéissant.

D'une petite fille à sa Mère.

MA CHÈRE MAMAN,

Permettez à votre petite N. de venir, à ce renouvellement d'année, vous souhaiter une bonne santé et tout le bonheur que vous méritez. Puissiez-vous l'aimer toujours. Soyez certaine qu'elle fera tout son possible pour se rendre digne de votre tendresse, par son obéissance et son application. Oui, mère chérie, je veux être bien sage pendant cette année, afin de vous prouver ma reconnaissance et mon amour.

A une Mère.

MA CHÈRE MAMAN,

Une nouvelle année commence : j'adresse au Ciel des vœux, afin qu'elle soit pour vous bien heureuse, et que vous vous portiez bien. On dit que le plus grand plaisir d'une mère est d'avoir un enfant obéissant, gentil, laborieux ; je travaillerai donc avec zèle, je serai très-sage, ce qui vous prouvera combien je vous aime

---

D'une jeune fille plus âgée à sa Mère.

MA BONNE MÈRE,

Mon cœur n'a pas besoin du renouvellement de l'année pour vous souhaiter tout le bonheur que vous méritez, et dont je désire si vivement vous voir jouir ; mais je saisis avec empressement cette occasion pour vous exprimer de nouveau mon tendre attachement, et vous promettre de contribuer à votre satisfaction dans tout ce qui dépendra de moi.

Chaque fois que je me sentirai moins courageuse, et que quelque chose me paraîtra difficile ou pénible, je penserai à vous, ma bonne mère, au bonheur de vous contenter, et à l'instant même, je serai sûre de trouver une nouvelle force pour accomplir mes devoirs, et vous prouver tous les sentiments d'amour et de respect dont mon cœur est rempli pour la plus tendre et la meilleure des mères.

Je suis avec un profond respect, ma chere maman,   Votre soumise fille.

Un fils à sa Mère récemment veuve.

MA CHÈRE MÈRE,

Cessez de pleurer, vous ne manquerez pas longtemps d'appui et de protection. Jusqu'ici, vous avez pris soin de mon enfance ; je deviens homme, et c'est à mon tour à vous soutenir. Je veux porter avec orgueil le nom d'un père chéri et regretté ; je veux être la consolation de votre vie, afin qu'appuyée sur le bras de votre fils, vous vous reposiez sur lui du soin d'adoucir vos peines et d'embellir votre existence.

A un Grand-Père et à une Grand' Mère

D'un petit garçon à son Grand-Papa.

MON CHER GRAND-PAPA,

Jusqu'ici vous n'avez eu qu'un petit garçon étourdi, indocile, tapageur ; et disons-le tout bas, bien bas, souvent paresseux.

Eh bien ! puisque c'est le moment des cadeaux et que tout le monde se met en frais pour choisir celui qui peut vous plaire davantage, moi, je vous offre un petit garçon moins étourdi, plus obéissant, plus travailleur ; et je vous prie de reconnaître en lui votre petit N., qui tâchera de devenir meilleur d'année en année, afin de se rendre digne de l'amitié de son cher grand-papa.

D'un petit garçon à sa Grand'Maman

MA CHÈRE GRAND'MAMAN,

Voulez-vous savoir pourquoi je viens ici aujourd'hui ? Ce n'est pas pour recevoir les jolis cadeaux qui m'y attendent chaque année ; c'est encore moins pour faire comme tout le monde ; mais c'est parce que je suis heureux de vous répéter : Bonne maman, je vous aime, et je souhaite de vous le redire mille et mille fois à pareille époque.

D'une petite fille à son Grand-Papa.

MON CHER GRAND-PAPA,

Vous êtes si bon pour votre petite-fille, qu'elle ne sait vraiment pas comment vous témoigner sa reconnaissance, surtout en ce jour où chacun rivalise de zèle pour composer des compliments de bonne année.

Soyez bien persuadé, cher bon papa, que mon cœur n'est pas complice de mon peu de facilité à rendre mes sentiments ; et, si je ne sais vous dire autre chose que je vous aime, et que je vous souhaite une longue suite d'heureuses années, la première phrase signifie tout ce que vous pouvez supposer de plus affectueux, et la seconde renferme tout ce qui peut être contenu dans les vœux les plus tendres et les mieux exprimés.

D'une petite fille à sa Grand'Mère.

MA CHÈRE GRAND'MAMAN,

De toutes les étrennes que je recevrai demain, devinez celles qui me feront le plus de plaisir ! Ce sont les baisers bien tendres que ma bonne maman déposera sur mon front, en m'appelant sa chère petite-fille. Et moi je répondrai : « Que le Ciel m'en accorde autant chaque année, et pendant bien longtemps, afin que, pendant bien longtemps aussi, je puisse aimer ma chère bonne maman et la remercier de toutes les bontés qu'elle n'a cessé d'avoir pour moi, depuis le moment où, après m'avoir portée sur ses bras, elle a dirigé mes premiers pas, et m'a appris à dire : « Bonne maman, je t'aime et je t'aimerai toujours. »

A une Mère ou à une Grand'Mère ; résolutions et promesses.

Encore une année qui finit pour faire place à une autre ; bonne maman, puissent avec elle s'anéantir tous les chagrins que je vous ai causés. Je veux vous les faire oublier par une conduite toute nouvelle, qui vous rende cette année aussi douce que mon indocilité vous a rendu la précédente amère. Dans le désir de regagner le temps perdu, je sens doubler les facultés de mon âme, et je veux, bonne maman, vous donner d'autant plus de consolations que je vous ai plus offensée.

A un Oncle, à une Tante.

D'un neveu à sa Tante.

MA CHÈRE TANTE,

Mes parents m'ont trop bien enseigné à vous aimer et à vous respecter, et je sens trop, moi-même, tout ce que je vous dois, pour laisser échapper l'occasion de vous donner une marque de mon respectueux souvenir.

Croyez donc, ma chère tante, que je me sens eureux de vous redire, au commencement de cette année, que je vous souhaite des jours nombreux et remplis de tout ce qui peut vous être agréable.

Si je puis y contribuer en quelque chose, je m'en estimerai très-heureux, et ne négligerai aucune occasion de vous prouver avec quel respect je suis

Votre soumis et très-affectionné neveu.

D'une nièce à sa Tante.

MA CHÈRE TANTE,

N'étant pas assez heureuse pour pouvoir vous offrir de vive voix mes compliments de bonne année, je me transporte par la pensée auprès de vous, et je me joins à toute la famille pour vous souhaiter une longue et heureuse vie, et tout ce que vous pouvez désirer.

Comptez, je vous prie, ma chère tante, ces vœux au nombre des plus sincères qui vous seront exprimés, et croyez qu'ils sont dictés bien plus par l'affection et la reconnaissance que par l'usage ou la routine, deux choses qui ne peuvent avoir aucune influence sur

ceux qui ont le bonheur de vous appartenir,
et en particulier sur

Votre très-respectueuse nièce.

***

D'un neveu à son Oncle.

MON CHER ONCLE,

Recevez, je vous prie, à l'occasion du renouvellement de l'année, l'expression de mes vœux les plus sincères et les plus ardents pour tout ce qui peut contribuer à votre bonheur, et permettez que j'y joigne l'assurance du profond respect avec lequel je suis

Votre neveu soumis et affectionné.

***

D'une nièce à son Oncle.

MON CHER ONCLE,

Je ne veux pas laisser passer ce jour sans vous offrir un nouveau témoignage de mon respect et de mon attachement. Veuillez l'accueillir avec l'extrême bonté qui vous caractérise, et soyez bien persuadé que l'usage ne guide pas seul ma plume en ce moment. C'est un devoir auquel je me conforme, il est vrai; mais je le remplis de tout cœur, et toujours avec un nouveau plaisir, parce que l'attachement que j'éprouve pour vous, mon cher oncle, ne fait que s'accroître avec les années; ce qui est bien naturel, puisqu'elles me rendent de plus en plus capable de vous apprécier, et de mesurer les obligations que j'ai contractées envers vous.

C'est pourquoi je me dis, avec le respect le plus profond et la reconnaissance la plus vive,

Votre nièce bien affectionnée.

A une Tante célibataire, ou sans enfants.

CHÈRE TANTE,

Ou plutôt notre mère; car autant qu'une mère vous êtes digne de notre amour; vous en avez pour nous toutes les bontés, et nous vous tenons lieu d'enfants.

Ah! croyez que nulle reconnaissance n'égale celle que votre tendresse et votre sollicitude pour nous ont imprimée dans nos cœurs.

Recevez nos caresses filiales avec nos souhaits ardents pour votre bonheur, en attendant que nous soyons l'appui et la consolation de votre vieillesse, comme vous êtes la douceur et la joie de notre heureuse enfance.

———

D'un enfant, au nom de ses frères et sœurs,
à un oncle ou à un tuteur.

CHER ONCLE OU TUTEUR,

Vous vous montrez pour nous un second père; vous nous en témoignez toute la sollicitude et l'affection. Nous aussi, par notre reconnaissance et notre tendresse, nous cherchons à vous entourer des joies de la famille, que votre cœur est fait pour goûter. Vous nous consacrez une vie que vous pourriez passer si douce et si tranquille, sans les soucis que vous prenez pour nous. Puissions-nous être à notre tour votre consolation dans un âge plus avancé! Agréez les prémice de notre dévoûment dans l'accomplissement de ce devoir annuel que l'amour, bien plus que la coutume, nous commande aujourd'hui. Impuissants pour acquitter notre dette, nous prions le Ciel de s'en charger, en ajoutant ses bénédictions à tout le bonheur que nous voulons essayer de vous procurer par notre zèle affectueux.

D'un neveu, à son Oncle qui prend soin de son éducation.

MON CHER ONCLE,

Avec quel plaisir j'ai vu arriver le jour où je puis vous répéter les vœux que j'adresse si souvent à Dieu pour vous. Ma plume est aujourd'hui l'interprète d'un cœur rempli de reconnaissance pour vos bienfaits. Que la Providence vous accorde une santé parfaite et une félicité sans mélange, car personne n'en est plus digne que vous.

Croyez donc, mon cher oncle, à la vive affection d'un neveu qui vous révère comme son protecteur et son père, et qui s'efforcera de se rendre digne de vos bienfaits par son zèle pour l'étude et par sa bonne conduite.

A un Parrain, à une Marraine, à un Bienfaiteur, à une Bienfaitrice.

A une Marraine, par sa filleule

MA CHÈRE MARRAINE,

Vous m'accordez tant de bienveillance, que je serais bien privée s'il ne se rencontrait de temps à autre des occasions de vous offrir les témoignages de la vive affection dont mon cœur est pénétré pour vous.

Si j'avais quelque influence sur votre destinée, ma chère marraine, je voudrais que chacun de vos jours s'écoulât sans que rien ne vînt jamais en troubler la sérénité; mais, ne pouvant vous offrir que des vœux, je prie le Seigneur de suppléer à mon impuissance, et de vous rendre aussi heureuse que vous le méritez et que je le désire.

Votre bien affectionnée filleule.

A un Parrain, par son filleul.

MON CHER PARRAIN,

En ce jour où chacun s'empresse d'échanger des vœux et des compliments plus ou moins sincères, j'espère que vous voudrez bien distinguer le souvenir de votre filleul de ceux dont l'usage et l'habitude font seuls les frais.

De même que vous avez bien voulu être pour moi un second père, de même je ne cesserai jamais d'avoir pour vous les sentiments d'un bon fils ; à ce titre, j'espère que le Ciel exaucera les ferventes prières que je lui adresse pour la conservation de vos précieux jours, et pour qu'il vous récompense au centuple de toutes les bontés dont vous m'avez comblé depuis le moment solennel où vous avez bien voulu me prendre sous votre protection.

Croyez, mon cher parrain, à la vive reconnaissance que j'en conserverai toute ma vie, et veuillez agréer l'hommage de mon bien vif et bien sincère attachement.

Votre filleul.

D'un petit enfant à son Parrain.

MON BON PARRAIN,

Je ne sais pas encore assez bien écrire pour vous faire un beau et long compliment ; mais du moins je puis vous dire que je vous aime de toutes mes forces, que je suis bien reconnaissant de vos bontés pour moi, et que je serai rempli de joie pour tout ce qui vous arrivera d'heureux. En attendant l'année prochaine, où je vous écrirai plus longuement, je vous promets d'être bien sage, afin que vous m'aimiez toujours.

D'un petit garçon à sa Marraine.

MA BONNE MARRAINE,

Je ne suis pas assez savant pour vous faire un beau compliment de nouvelle année; j'aime mieux vous dire simplement que je vous aime de tout mon cœur et de toute mon âme, et que je vous aimerai toujours. Je vous dirai encore que j'ai fait beaucoup de souhaits pour vous. D'abord j'ai demandé à Dieu de vous accorder une bonne santé, une longue vie, remplie de satisfaction et de joie; et je le prie de me rendre digne de votre amitié.

A une Marraine.

MA CHÈRE MARRAINE,

Vous êtes si bonne pour moi, et je vous aime tant, que je ne devrais pas être embarrassé pour vous faire un compliment de bonne année. Eh bien! malgré vos qualités et ma tendresse extrême pour vous, je ne trouve dans mon esprit aucune expression qui puisse rendre mes pensées.

On dit que c'est toujours comme cela quand on aime, et il faut bien qu'il en soit ainsi, puisque je ne puis vous exprimer combien mon affection est grande et sincère.

Pardonnez-moi donc, et croyez bien que, si ma bouche n'en dit pas assez, mon cœur en dit beaucoup plus.

———

A un Parrain.

MON CHER PARRAIN,

C'est un grand bonheur pour moi d'avoir chaque année l'occasion de vous témoigner combien mon âme est remplie de gratitude pour vos bontés. Je vous dois tant, que Dieu seul peut vous donner la récompense de vos bienfaits, et je le prierai de vous accorder tout ce que vous souhaite mon cœur.

A un Bienfaiteur.

MONSIEUR,

Loin de trouver assujettissant l'usage qui me ramène près de vous chaque année pour vous offrir l'hommage de ma reconnaissance, les occasions de vous exprimer tous les sentiments que vos bontés font naître en moi sont trop rares pour ne pas les saisir avec empressement.

Je viens donc avec une joie bien vive vous prouver aujourd'hui que le souvenir de vos bienfaits est toujours vivant dans mon cœur, et vous renouveler l'expression annuelle des vœux que je forme pour votre bonheur, et celui de toutes les personnes qui vous sont chères.

Recevez, Monsieur, la nouvelle assurance de mon inaltérable gratitude et de mon bien sincère attachement.

A une Bienfaitrice.

MADAME,

On dit qu'il y a des ingrats; je les plains de toute mon âme, car ils sont privés des jouissances les plus douces; de celles qu'un bon cœur éprouve au souvenir des bienfaits dont il est l'objet.

Quant à moi, ma chère bienfaitrice, les sentiments que vos bontés m'ont inspirés remplissent tellement mon cœur, que c'est pour moi une véritable fête, chaque fois qu'une nouvelle occasion se présente de vous les exprimer et de vous souhaiter tout le bonheur dont je voudrais vous voir jouir, à tous les instants de votre vie et pendant de longues années.

Croyez donc, Madame et chère bienfaitrice, à la sincère reconnaissance de votre bien dévouée et bien affectionnée.

D'un orphelin à son Protecteur.

MON CHER PROTECTEUR,

Je serais bien ingrat, si je laissais passer ce jour sans vous exprimer la profonde reconnaissance que j'éprouve pour la protection généreuse que vous daignez m'accorder. Puisse le Ciel se charger de ma dette, et vous combler de félicité. Puissé-je moi-même, un jour, être dans une position à prouver que le souvenir de vos bienfaits ne s'effacera jamais de mon cœur. En attendant, je redoublerai d'efforts pour mériter, par ma conduite et par mon zèle pour l'étude, par ma docilité à suivre vos sages conseils, les bontés dont vous ne cessez de me combler. C'est le seul moyen de vous prouver toute l'étendue de ma gratitude.

A Divers.

A un Ecclésiastique.

MON DIGNE PASTEUR,

Jamais je n'oublierai les soins paternels dont vous avez entouré mon enfance, ni les pieuses exhortations dont vous avez nourri mon esprit et mon cœur, et je considérerai toujours comme un devoir sacré, et en même temps doux à remplir, de saisir toutes les occasions de vous en témoigner ma reconnaissance.

2.

Au renouvellement de l'année en particulier, je remercie Dieu de m'avoir placé sous la direction d'un aussi digne pasteur, et je le prie de le conserver bien longtemps encore à tous ceux qu'il a confiés à ses soins, et qui ressentent les heureux effets de son zèle et de ses lumières.

Recevez, Monsieur et excellent père, l'hommage de mon profond respect et de ma grande vénération.

A un Instituteur.

MONSIEUR,

Un ancien roi disait qu'il remerciait les dieux non-seulement de lui avoir donné un fils, mais encore de lui avoir accordé un bon précepteur pour élever ce cher objet de son affection.

Quand on a eu le bonheur d'être dirigé par vous, on comprend toute la valeur de cette pensée, parce qu'en effet un instituteur est un second père, à qui nous devons une seconde vie non moins précieuse, quand nous avons le bonheur de profiter de ses excellentes leçons.

Quant à moi, sans me flatter d'en avoir recueilli autant de fruit qu'un autre l'eût peut-être fait à ma place, je puis dire que nul ne sent mieux le prix des sages enseignements que vous nous avez prodigués ; aussi, quel que soit le nombre des années qui s'écouleront après ma sortie de pension, je n'en passerai jamais une sans venir vous renouveler l'expression de mon attachement et de ma reconnaissance.

Votre respectueux élève.

A une Institutrice.

MA SECONDE MÈRE,

Permettez-moi de vous nommer ainsi, car vous en avez rempli envers moi toutes les obligations avec la plus touchante sollicitude.

Puissé-je à mon tour me montrer toujours soumise et reconnaissante, et ne laisser échapper aucune occasion de vous prouver que vos bonnes leçons et le souvenir de vos tendres soins ne sortiront jamais de ma mémoire.

Je me joins avec bonheur à mes compagnes, pour vous prier d'agréer les vœux que la reconnaissance m'inspire, et qui, s'ils sont exaucés, vous conserveront longtemps à vos enfants chéris, et, en particulier, à celle qui ne cessera jamais de se dire

Votre respectueuse et bien affectionnée élève.

A un Frère aîné.

Je suis bien privé, cher frère, de ne pouvoir, comme à l'ordinaire, te souhaiter la bonne année de vive voix, et t'embrasser tout à mon aise.

Mais, puisque les devoirs réciproques que nous avons à remplir nous séparent en ce moment, je veux rapprocher les distances autant que possible, en profitant de cette occasion pour te prouver que tout en t'aimant comme on aime un bon et excellent frère, je me plais à te donner, en qualité d'aîné de la famille, une marque de ma déférence. Tu la mérites non-seulement à ce titre, mais encore par tous les bons soins que tu prodigues à tes frères et sœurs plus jeunes que toi, et surtout par les bons conseils que tu leur donnes, et dont, en mon particulier, je me trouve si bien.

Reçois donc, cher frère, avec mes souhaits bien sincères pour ton bonheur, l'assurance de ma vive affection.

Ton frère et ami.

A une Sœur aînée.

BONNE SŒUR,

Puisque nous ne pouvons, comme les années précédentes, échanger nos souhaits et nos embrassements, je me hâte de vous envoyer une marque de souvenir, ne voulant pas être devancée par mon aînée, dans une occasion où il m'est si doux de lui exprimer la première tous les vœux que je forme pour son bonheur.

En les adressant au Ciel chaque jour dans mes prières, je travaille aussi pour moi, car tout est en commun entre deux sœurs, les joies comme les souffrances. Et d'ailleurs, comment ne prendrait-on pas part à vos plaisirs et à vos chagrins, ma sœur bien-aimée, vous si bonne pour tous ceux qui ont le bonheur de vous appartenir, et en particulier pour votre petite N., qui vous aime et sera toujours

Votre affectionnée sœur et amie bien dévouée.

COMPLIMENTS EN PROSE

POUR LES FÊTES.

A un Père, à une Mère.

—

A un Père.

MON CHER PAPA,

J'aurais désiré vous présenter, pour le jour de
votre fête, un riche bouquet composé des plus
belles fleurs ; mais, dans cette triste saison, je ne
puis vous offrir que quelques pauvres fleurettes
échappées au froid de l'hiver. Daignez accepter
un autre bouquet, qui ne se flétrira jamais : il
est composé de ma tendresse pour vous, de mon
désir ardent de vous plaire, de mon obéissance
et de mon zèle pour l'étude. Agréez-le, mon cher
papa, et vous le verrez, durant cette année,
croître et embellir, si Dieu daigne bénir mes résolutions.

Un fils à son Père en lui présentant un dessin, le jour de sa fête.

C'est à vous, mon cher papa, que je dois tou ce que je sais, grâce aux soins que vous ave pris de mon éducation; aussi est-ce à vou que doit s'adresser le premier hommage d mes faibles talents. Permettez donc que j saisisse l'occasion de votre fête pour vous offri un essai, bien imparfait sans doute, mais qu vous accepterez avec indulgence, car il est ac compagné de mes vœux les plus sincères pou votre bonheur et pour l'accomplissement de tou vos désirs.

A un Père.

MON CHER PAPA,

Chaque année, au jour de votre fête, je fai des vœux pour votre bonheur, et le bon Dieu exauce mes souhaits: il vous donne la félicit que vous méritez. Je le prie aujourd'hui d vous continuer ses faveurs, et de ne rien diminuer des dons qu'il vous accorde, puisque votre bonté ne fait qu'augmenter tous les jours.

———

A un Père.

MON CHER PAPA,

Chaque année, au jour de votre fête, je fais des vœux pour votre bonheur, et le bon Dieu exauce mes souhaits : il vous donne la félicité que vous méritez. Je le prie aujourd'hui de vous continuer ses faveurs, et de ne rien diminuer des dons qu'il vous accorde, puisque votre bonté ne fait qu'augmenter tous les jours.

———

A une Mère.

MA CHÈRE MAMAN,

Enfin nous sommes arrivés au jour de vo
ôte : c'est un beau jour, mère chérie, puisque
Dieu reçoit nos vœux pour vous, et qu'il voit
combien nous vous respectons, combien nous
vous aimons.

Jouissez d'une bonne santé, petite mère, et que les fleurs que nous vous offrons soient le symbole de notre sincère amour.

D'une petite fille à sa Mère.

MÈRE CHÉRIE,

C'est aujourd'hui le jour de votre fête, daignez accepter ce bouquet, emblème de vos perfections et de mon amour. Les immortelles qu'il renferme vous indiquent que cet amour durera éternellement. Les fleurs épanouies sont votre image, et leur parfum est celui de vos vertus. Les boutons qui les accompagnent représentent votre fille; puisse-t-elle aussi vous ressembler un jour. Agréez, en attendant, les vœux que j'adresse au Ciel pour vous, avec toute la sincérité d'un cœur pénétré de tendresse et de reconnaissance.

Pour l'anniversaire de la naissance d'une Mère.

CHÈRE MAMAN,

L'anniversaire de votre naissance est toujours accueilli avec bonheur par vos enfants. De toutes les faveurs du Ciel, il n'en est pas de plus précieuse que le don d'une bonne mère. Nos actions de grâces doivent saluer ce jour favorable, où se préparaient pour nous tant de douceurs. Dieu nous aimait déjà, il pensait à nous en vous créant, il nous aime encore en nous conservant ce cher trésor. Puisse-t-il nous le laisser longtemps, et puissions-nous accomplir la mission qu'il nous a donnée, de rendre heureuse celle dont la vie ne se compose que de dévouement et de sacrifices pour ses enfants!

D'une fille à sa Mère, pour le jour de sa fête, en lui présentant un ouvrage à l'aiguille, ou tout autre travail de ses mains.

Daignez accepter, ma chère maman, pour le jour de votre fête, ce léger gage de mon amour. Conservez-le comme un souvenir de votre fille chérie. C'est à vous qu'elle doit le peu de talents qu'elle possède : aussi est-ce à vous qu'elle en fait le premier hommage. Chaque fois que vous toucherez cette bourse [1],

[1] Nous supposons que l'objet offert soit une bourse.

elle vous rappellera la reconnaissance et l'amour de votre enfant. Permettez-lui aussi d'y joindre les vœux sincères qu'elle fait pour la conservation de votre santé et pour l'accomplissement le tous vos désirs.

C'est dans ce but qu'elle adresse chaque jour des prières au Ciel.

D'un fils à sa Mère pour le jour de sa fête, en lui présentant une plante.

MA CHÈRE MAMAN,

C'est aujourd'hui le jour de votre fête, permettez que je vous présente les vœux sincères d'un fils reconnaissant de vos bontés et de votre amour pour lui. Daignez accepter cette fleur qu'il vous offre comme un gage de son attachement. En la cultivant, vous la verrez croître et fleurir; elle vous rappellera votre fils qui grandit entouré de vos soins maternels. Comme elle, il vous récompensera de votre sollicitude, et s'efforcera par son obéissance, sa sagesse et son zèle pour l'étude, de justifier la tendresse que vous ne cessez de lui montrer.

*Un enfant à ses Parents, pour l'anniversaire
de leur mariage.*

CHER PAPA ET CHÈRE MAMAN,

Ce jour est pour vous un heureux anniver
saire : aussi est-il bien doux à vos enfants
Merci, papa, de nous avoir donné une si bonne
mère ; merci, maman, de nous avoir choisi un
père si digne de respect et d'amour !... Si quelques-unes de ces douleurs inséparables des joies
humaines ont pu affliger quelques-unes de vos
années ; si nous-mêmes, hélas ! y avons contribué
par notre peu de docilité et les peines involon
taires que vous a causées notre enfance, consolez
vous, cher papa et chère maman, le Seigneur
saura changer pour vous les tribulations en allégresse, et nous y contribuerons autant qu'il sera
en notre pouvoir.

A un Grand-Père, à une Grand' Mère.

A un Grand-Père.

MON BON-PAPA,

Quand toute la famille vous entoure pour vous

offrir ses vœux et vous souhaiter votre fête, permettez à votre petit-fils de venir à son tour vous
présenter ses respects et vous offrir les témoi
gnages de sa reconnaissance et de son amour.

Cher bon-papa, nos vœux réunis s'élèveront
jusqu'au trône de Dieu, et vous obtiendront ce
que vous désirez, ce que sans nous vous obtien
draient votre bonté et vos vertus.

A un Grand-Père (ou à une Grand'Mère) pour l'anniversaire de sa naissance.

MON BON-PAPA (*ou* MA BONNE-MAMAN),

Daignez accueillir mes sincères félicitations
dans ce beau jour, anniversaire de votre naissance. Puisse-t-il se répéter encore un grand
nombre d'années, puissent ces années être com-
blées de prospérités, et puissiez-vous jouir d'une
santé inaltérable ! Si Dieu daigne accueillir mes
souhaits et mes ardentes prières, je serai double-
ment heureux, je ne cesserai de le remercier
chaque jour de ma vie.

Un enfant à des Grands-Parents, en l'honneur de leur jubilé de mariage.

BON-PAPA ET BONNE-MAMAN,

Je viens, au nom de toute notre famille, vous féliciter en ce grand jour : vous avez donné au monde l'exemple d'une longue union cimentée par la vertu, et qui n'a jamais été troublée ; vous avez élevé de nombreux enfants qui cherchent à marcher sur vos traces ; réjouissez-vous des heureux résultats du bien que vous avez fait durant cette longue suite d'années ; mais ce que votre bon exemple a dû opérer autour de vous, même dans les cœurs les plus indifférents, non, bon-papa, bonne-maman, vous ne le savez pas ; Dieu en garde le souvenir, et ceux qui en ont éprouvé les heureuses influences s'en souviennent aussi ; ils en rendent grâces au Ciel et l'invoquent pour vous, de concert avec toute votre famille.

D'une petite fille à sa Grand'Mère.

Daignez agréer, ma bonne-maman, les fleurs que votre petite-fille vous présente en ce jour, comme un gage de sa tendresse. Puisse-t-elle longtemps encore renouveler les vœux qu'elle forme sans cesse pour votre bonheur et pour la conservation de votre santé !

Si j'étais assez savante pour m'exprimer avec plus d'éloquence, j'aurais encore beaucoup de choses à vous dire, mais je m'efforcerai du moins de vous prouver, par mon respect et par mes soins, combien je vous aime.

A un Oncle, à une Tante, à un Tuteur.

A un oncle.

MON CHER ONCLE,

Personne plus que moi n'a le droit de venir vous souhaiter votre fête, parce que personne autant que moi n'a été comblé de vos bienfaits. Vous m'avez entouré de tendresse et de soins; il m'est donc permis de vous témoigner toute ma reconnaissance.

Mon cher oncle, daignez accepter mon hommage; et, puisque je ne puis reconnaître vos bontés que par ma gratitude, croyez bien au moins que mon cœur ne vous oubliera jamais.

A une Tante.

MA CHÈRE TANTE,

Tous les ans revient votre fête, et tous les ans revient le plaisir de vous la souhaiter. Bonne pour tous, vous l'êtes surtout pour votre nièce; pour moi, votre petite amie, que vous excusez dans ses fautes, que vous comblez de joie, d'amusements, à qui vous donnez tout ce qui peut lui faire quelque plaisir.

Ma tante, je vous remercie de toute votre tendresse; je vous assure que je vous aime autant que vous m'aimez, et que, si vous priez chaque jour le bon Dieu pour qu'il m'accorde quelque grâce, je le prie bien aussi pour qu'il vous donne tout ce qui peut contribuer à votre bonheur.

A un Tuteur.

MON CHER TUTEUR,

Quand j'étais petit et orphelin, le bon Dieu, en me plaçant entre vos mains, en me confiant à votre sollicitude, savait bien que je serais heureux par vous ; mais il savait bien aussi que je ne serais jamais à même de reconnaître vos bontés pour moi ; il s'est donc chargé de vous récompenser lui-même, en vous dotant des qualités les plus précieuses.

Mon cher tuteur, c'est aujourd'hui votre fête ; je vais le prier, ce Dieu de bonté, de continuer à vous accorder tout ce qui peut contribuer à votre bonheur.

A un Parrain, une Marraine, un Bienfaiteur.

A un Parrain.

MON CHER PARRAIN,

Puisque c'est l'heureux anniversaire de votre naissance, permettez-moi de vous exprimer mon attachement. Je n'oublierai jamais la dette que j'ai contractée envers vous, le jour où vous m'avez présenté aux fonts baptismaux. Vous n'avez cessé depuis de me donner des marques du plus tendre intérêt, et je vous considère à juste titre comme un second père. Puissiez-vous continuer

à jouir d'une santé florissante et vivre de longues
et heureuses années, entouré de l'estime et de
l'amitié de tous ceux qui vous connaissent.

***

A une Marraine.

C'est demain, ma chère marraine, le jour de
votre fête; c'est aussi la mienne, puisque vous
m'avez donné votre nom sur les fonts baptismaux. J'ai prié notre sainte patronne d'intercé-
der pour moi, afin que je devienne digne des
bontés que vous avez eues depuis le jour de ma
naissance. J'aurais désiré vous offrir un beau
bouquet, mais l'hiver a détruit les pauvres fleurs.
Acceptez néanmoins, ma bonne marraine, ces
immortelles; je vous les présente comme un
emblème de ma reconnaissance et de l'affection
que je vous ai vouée.

***

A un Bienfaiteur.

MON BIENFAITEUR,

Je manquerais à mon devoir et mon cœur
souffrirait si je laissais passer le jour de votre fête

sans vous offrir mes vœux, sans vous témoigner mon respect et ma reconnaissance. Vous voudrez donc bien permettre que j'unisse ma voix à toutes celles qui vous bénissent, trouvant une excuse dans ma gratitude et dans le bonheur que j'éprouve à saisir toutes les occasions de me rappeler à votre bon souvenir.

Que celui qui seul connaît vos mérites vous récompense! Il écoute toujours la prière du pauvre et du faible; il entendra la mienne, et toutes ses bénédictions se répandront sur vous.

A divers.

A une Marie.

Le nom de Marie exprime tant de choses, qu'il vaut à lui seul un long éloge. Il semble être une grâce, une vertu, ou plutôt il les suppose toutes. Jamais, depuis votre céleste patronne, ce beau nom ne fut mieux porté que par vous, vous êtes sa fidèle imitatrice, vous rappelez tous ses mérites, et, en vous voyant, on croirait qu'elle est descendue sur la terre, ou que son âme est passée en vous.

Saint Jean. — Pour la fête d'un Ecclésiastique ou d'un Instituteur.

Votre patron eut la glorieuse mission d'annoncer le Messie ; et, vous par vos éloquentes leçons, et vos exemples plus puissants encore, vous avez fait naître dans nos cœurs l'amour de la vérité. Mais cet amour serait imparfait, s'il ne nous conduisait à la pratique des vertus. Vous laisserons-nous prêcher au désert?... A Dieu ne plaise! Ce jour, qui marque la limite de la loi ancienne d'avec la loi nouvelle, doit être aussi l'époque d'un véritable changement pour nous et d'une sérieuse acceptation de tous les devoirs dont nous vous devons la connaissance, et qui seuls peuvent conduire à la vraie félicité.

Pour une fête, en offrant un cadeau de peu de valeur.

Veuillez agréez cette légère offrande, avec la même bienveillance qui vous eût fait accepter une simple fleur cueillie dans le plus pauvre jardin ; elle est une preuve bien faible, mais bien sincère, d'une affection qui voudrait se traduire par de plus dignes hommages, mais qui veut au moins vous donner un souvenir.

———

A une personne malade.

J'éprouve un grand plaisir à vous souhaiter votre fête ; et cependant mon cœur est triste parce que vous ne vous portez pas bien, parce que vous souffrez.

C'est du Seigneur que découle toute béatitude ; c'est lui qui console et guérit. Je le prierai de fortifier votre courage, de faire rentrer l'espérance et la joie dans votre âme et de vous rendre la santé.

———

Pour une fête d'hiver en offrant un bouquet d'immortelles.

Pourquoi votre fête se trouve-t-elle dans la saison des frimas ? C'est que ni les hommages éphémères, ni les fragiles fleurs du printemps, ne sont dignes de vous être offerts. Symbole d'une gloire plus durable, ces immortelles conviennent mieux à votre caractère ; elles sont pour vous le gage de l'estime impérissable qui accompagnera votre mémoire dans ce monde, et de la couronne éternelle qui récompensera vos vertus dans le bienheureux séjour où rien ne se flétrit.

A la Toussaint.

Pour la fête d'une personne dont le nom ne se trouve pas sur le calendrier.

Bien des vertus restent ignorées, et ce ne sont pas toujours les moindres. Que de mères de familles ont conquis le ciel au sein de leur humble ménage! Que de vierges inconnues l'ont conquis également par leur vie intérieure et leurs sacrifices sans ostentation! C'est pourquoi l'Église a institué la fête de tous les Saints, afin que ceux dont le modeste nom n'a pas été transmis à la postérité pussent avoir part aux hommages des fidèles; votre patronne est sans doute de ce nombre, et n'en eussiez-vous point, c'est à vous qu'il serait réservé de remplir un jour cette place dont vous êtes digne par vos vertus.

DEUXIÈME PARTIE

COMPLIMENTS EN VERS

POUR LE JOUR DE L'AN.

A un Père et à une Mère.

A des Parents.

Au premier jour de l'an, plein du feu qui l'embrase,
L'un forge un compliment, l'autre aligne une phrase
Pour dire à ses parents, amis ou bienfaiteur,
Ce qui ne fut jamais imprimé dans son cœur.
Moi je n'apporte ici que ma franchise pure ;
C'est du cœur que je dis : « Au nom de la nature,
« Mon Dieu, reçois les vœux qu'au premier jour de l'an
« Je fais pour le bonheur de papa, de maman. »

Vous voyez devant vous deux enfants très-timides
Qui ne savent comment exprimer leur amour ;

Mais ce matin les yeux de pleurs humides
Ils se sont, à l'envi, levés avant le jour.
    Rassurez-les par un baiser bien tendre,
    S'ils ont été souvent obéissants ;
Excusez leurs défauts, car ils veulent apprendre
    A toujours plaire à leurs parents ;
Ce n'est pas en un jour qu'on peut devenir sage.
    Nous voulons pourtant l'essayer ;
Chers parents, de baisers couvrez notre visage ;
    Par mille soins nous saurons les payer.
    Oui, nous serons toujours dociles,
    Toujours soumis, toujours affectueux ;
    En classe on nous verra tranquilles,
Et comme vous, plus tard, nous serons vertueux.

Quel jour plein de douceur que celui des étrennes !
Tendres baisers, joujoux, bonbons délicieux
Viennent sécher les pleurs, faire oublier les peines,
De l'enfance exciter les ris, les cris joyeux.
Chacun se réjouit dans toutes les familles ;
Ces jeux, amusements des garçons et des filles,
Ces plaisirs si charmants, ces danses et ces ris,
Qu'animent de leur voix tant de parents chéris,
Qui peut trouver mauvais que mon cœur les partage ?
Ne suis-je pas enfant ? ces goûts sont de mon âge.
Sans désirer toujours quelques présents nouveaux,
Je ne professe pas le mépris des cadeaux.
Mais si j'avais le choix parmi tant de largesses
    Que nous offre le nouvel an,

Je dirais : « Je ne veux que vos douces caresses,
  Mon cher papa, tendre maman ! »

———

En ce jour bienheureux que l'enfance désire,
Chacun, de ses parents espère des bonbons ;
Celui qui n'en a pas, se désole et soupire,
Celui qui les reçoit, les trouve toujours bons.
J'aimerais bien aussi quelque boîte friande,
Mais les cadeaux choisis parmi les plus charmants
Ne valent pas pour moi ce que mon cœur demande :
Un tendre et doux baiser donné par mes parents.

———

D'un petit enfant à un Père et à une Mère.

  Chers parents, mes meilleurs amis,
  Pour vous chaque jour mon cœur prie,
  Afin que longtemps votre vie
  S'écoule libre de soucis ;
  Des petits enfants la prière
  Est agréable à l'Éternel :
  Il répandra, du haut du Ciel,
  Tous les biens que pour vous j'espère.

———

Un petit enfant à ses Parents.

Voici venir le jour de l'an !
Par un tout petit compliment,

Je veux vous prouver la tendresse
Qui peint ma timide allégresse.
Mon cher papa, chère maman,
D'un fils soumis, obéissant,
Recevez l'humble compliment.

A un Père et à une Mère.

Pour étrennes je veux vous offrir en ce jour,
    Mes chers parents, ce qu'on offre à mon âge :
    Un compliment, et puis beaucoup d'amour.
    Papa, maman, je ne puis davantage,
        Mais au Ciel vont monter mes vœux :
    Je le prierai pour qu'il vous dédommage
En répandant sur vous mille dons précieux.

A des Parents qui ont éprouvé de grandes pertes.

Mes chers parents, le nouvel an commence ;
Pour votre enfant c'est un des plus beaux jours.
Il croit qu'enfin la sainte Providence
De vos malheurs veut arrêter le cours ;
Dieu m'aidera ; par mes soins, ma tendresse,
Je vous rendrai le bien-être perdu ;
Mes chers parents, bannissons la tristesse,
Car le bonheur va vous être rendu.

A une Mère et à des Parents au delà des mers.

Parents qui, de la science
Estimant les fruits si doux,
Pour en doter mon enfance,
M'avez éloigné de vous,
Lorsque la vive hirondelle
S'appréte à braver les flots,
Je voudrais être comme elle
Et je murmure ces mots:
« Hirondelles intrépides,
« Qui voyagez dans les airs,
« Et de vos ailes rapides,
« Franchissez les vastes mers,
« Visitez cette contrée
« Où tout respire pour moi !
« Et de ma mère adorée
« Approchez-vous sans effroi;
« Si jamais à sa fenètre,
« Oiseaux, vous faites vos nids,
« Vous pourrez la voir peut-être,
« Bonheur que n'a pas son fils !
« De son oreille étonnée
« Approchez-vous doucement;
« Que mes vœux de chaque année
« Lui parviennent promptement. »

A un Père.

—

D'un petit garçon à son Père.

O mon bon père, à tant de peines,
Quand je te vois près de céder,
Le sang bouillonne dans mes veines.
Que je voudrais pouvoir t'aider !
Seigneur, à mes vœux sois propice !
Quand pourrai-je rendre à mon tour
Sacrifice pour sacrifice,
Et dévouement pour tant d'amour ?
Je veux m'appliquer avec zèle
Pour être bientôt en état
De te faire une part plus belle,
Et du Ciel remplir le mandat.
De mon impuissante jeunesse
Tu fus l'archange protecteur ;
Dieu fera que de ta vieillesse
Je sois l'humble consolateur.

———

A un Père.

Mon très-cher père, un nouvel an commence ;
Qu'il t'apporte santé, prospérité, plaisirs !
Que l'Éternel te récompense
Au gré de mes constants désirs !
Tu verras augmenter mon ardeur pour l'étude

Comme pour moi sans cesse augmente ta bonté;
Je veux payer tes soins et ta sollicitude
Par mon obéissance et ma docilité.

A un Père.

Si j'avais en partage
L'esprit et les talents;
Si j'avais du langage
Tous les vains ornements,
Je parviendrais, avec un art extrême,
A faire un discours plein d'attraits;
Mais t'exprimer combien je t'aime,
Des mots ne le pourront jamais!

A un Père qui voyage.

Vers une lointaine contrée,
Bon père, tu portes tes pas,
D'ici ta famille adorée
Te suit sous de nouveaux climats,
Avec toi notre esprit voyage;
Souvent, saisis d'un tendre émoi,
Les yeux fixés sur ton image,
Nos cœurs sont encore avec toi.

Lorsque la table nous rassemble
Pour les repas de chaque jour,

Nous prions le Ciel tous ensemble
De t'accorder un prompt retour.
Quelquefois notre âme trompée
Se berce d'un riant espoir :
Ta place reste inoccupée,
Et pourtant nous croyons t'y voir.

Toi que le feu rend plus légère,
O nef qui voles sur les eaux,
Console le plus tendre père,
En lui portant nos vœux nouveaux
Vents, s'il revient, faites silence ;
Un père est bien plus cher que l'or ;
Réprimez votre violence,
Laissez passer notre trésor !

———

A un Père ou à une Mère.

Pour ceux qu'on aime et qu'on révère
Qu'il est doux de former des vœux !
Les miens, ô le plus tendre père,
Sont dus à tes soins généreux.
Quand ta bonté sur mon enfance
Se plait à fixer le bonheur,
D'amour et de reconnaissance
Je sens toujours battre mon cœur.

A un Père ou à une Mère, en lui offrant quelque ouvrage.

Travaux, périls et sacrifices
Pour ceux qu'on aime semblent doux;
Combien mon cœur serait jaloux
De te rendre à ce prix quelques légers services!

Mais de notre âge impétueux
Les volontés sont enchaînées,
Il faut attendre des années
Avant que de pouvoir accomplir de tels vœux.

De ma tendresse filiale
Comment donc témoigner l'ardeur,
Et réjouir ton noble cœur
Par un saint dévouement que le tien seul égale?

Accueille du moins ces essais,
Souris à ce naïf hommage:
En faisant ce petit ouvrage
Avec quels vifs transports je te le destinais!

En ceci ne vois qu'un présage
De ce que je veux faire un jour;
Faibles efforts de mon amour
Qui ne peut tout entier se montrer qu'avec l'âge:

A une Mère.

—

D'un petit garçon ou d'une petite fille à sa Mère.

Pour le premier jour de l'an
Je t'offre un baiser, maman ;
Rends-le-moi ; me voilà quitte.
Quitte ! je te dois encor ;
Pour payer, je sollicite
Le doux plaisir de t'embrasser plus fort.

A une Mère veuve.

Aujourd'hui, ma mère chérie,
J'ose exprimer de vive voix
Les vœux que tout bas à Marie
J'adressais pour toi mille fois :
Puisses-tu bannir la tristesse
Qui longtemps a troublé ton cœur,
Et dans ma sincère tendresse,
Retrouver encor le bonheur !

A une Mère, en lui offrant un ouvrage de tapisserie.

Vous qui jadis conduisiez mon aiguille,
Voyez, maman, combien j'ai progressé ;

Je ne suis plus une petite fille,
Et mon esprit par vous s'est avancé.
Je fais fleurir les œillets et les roses
En les mêlant sur mon frais canevas,
Mais si pour vous tant de fleurs sont écloses,
C'est qu'on m'aidait, je le redis tout bas.

Soyez toujours, ô ma mère chérie,
Mon doux appui quand je verse des pleurs,
Si par l'hiver la nature est flétrie,
Revoyez-la sourire dans mes fleurs.
Voyez aussi dans mon âme enfantine
Tous vos conseils porter leurs fruits enfin,
Et votre enfant, quelquefois si mutine,
Par vos baisers changée en séraphin.

———

A une Mère malade.

Nous supplions Jésus, nous supplions Marie,
Qui veillent, de là-haut, sur les cœurs affligés,
De vous rendre à nos vœux, consolée et guérie,
Car tous vous aiment bien, même les étrangers.
    Puissiez-vous, dans une semaine,
Vous asseoir, bienheureuse, auprès de vos enfants,
    Ce serait la meilleure étrenne,
Qu'un sourire de vous sur nos fronts triomphants.
Le Seigneur a toujours écouté la prière
Des cœurs affectueux qui le veulent chérir,
    Et ses yeux cherchent sur la terre

Les souffrances pour les bénir.
Par notre voix il vous invite
recouvrer la force et la gaieté.
Chère mère, faites-le vite :
Pour assurer notre félicité.

Une fille en pension à sa Mère.

AIR : Le premier pas.

Au jour de l'an,
Quand la raison sévère
Me tient bien loin de ma chère maman,
Tu peux juger si ma peine est amère
De n'être pas près de toi, bonne mère,
Au jour de l'an !

Au jour de l'an,
L'esprit au moins voyage,
Et je ne puis modérer son élan.
Pour te montrer à quel point je suis sage,
J'ai de mes mains, pour toi, fait cet ouvrage
Au jour de l'an.

Du jour de l'an,
De sa joie éphémère,
Mon cœur n'est pas l'aveugle partisan ;
Tout temps est bon, lorsque l'âme est sincère,
A-t-on besoin, pour aimer une mère,
Du jour de l'an ?

A des Grands-Parents.

—

A un Grand Père et à une Grand'Mère.

Que jamais le chagrin ne jette un voile sombre
    Sur vos fronts par l'âge blanchis ;
  Que votre ciel soit toujours exempt d'ombre,
    Ne connaissez plus les soucis !
Vous avez autrefois trouvé la vie amère,
Mais, maintenant, chéris par vos petits enfants,
Vous avez rencontré le bonheur sur la terre,
Car nous vous aimons bien, ô tendres grands-parents.
    Continuez votre pèlerinage,
Vous appuyant sur nous en nous voyant grandir,
Et, comme par vos soins notre cœur devient sage,
Vous goûterez les fruits que Juin viendra mûrir.

———

Autre.

[1] Mon cher papa, tendre maman,
  Recevez pour ce nouvel an
    Les vœux que sans cesse
   · Formera mon cœur.
    A Dieu je m'adresse
    Pour votre bonheur ;
    Pour que ma tendresse

[1] Cher bon-papa, bonne-maman

Obtienne de lui
Son céleste appui,
Et pour qu'il ordonne
A l'ange qui donne
Les biens, la santé,
Qu'il vous environne
De prospérité.

A une Bonne-Maman, à un Bon-Papa, par ses petits-enfants.

Bonne-maman, toi qui fais ton étude
De plaire à tes petits-enfants;
Toi dont la sollicitude
Est pour eux de tous les instants,
Par notre amour et notre gratitude,
Nous répondrons toujours à tes soins bienfaisants.
Tu ne te lasses point de nous être agréable;
Tu trouves chaque jour moyen de nous charmer;
Tu te montres vraiment pour nous trop admirable
Pour que nous nous lassions jamais, nous, de t'aimer

A un Grand-Papa.

O toi, dont l'âge vénérable
Augmente en nous l'affection,
Tu montres qu'on peut être aimable
Jusque dans l'arrière-saison.

Que sont les rides du visage,
Quand l'esprit garde sa vigueur?
Non, non, la bonté n'a point d'âge,
Elle est jeune comme le cœur.
Un grand-père est la Providence
De ses tendres petits-enfants ;
Un père a-t-il son indulgence
Et les mêmes soins caressants?
Pour la famille qui t'honore,
Et pour bénir tous nos succès,
Grand-père, avec nous reste encore
Trente ans... et nous verrons après.

———

A une Grand'Maman.

Pourquoi reprocher aux grand'mères
De gâter leurs petits-enfants ?
Elles vont plus vite en affaires
Par de sages ménagements.
La tendresse de leur langage
Fait passer de graves leçons :
L'enfance boit l'amer breuvage
S'il est caché sous des bonbons.

Les grand'mamans se sentent vivre
En contemplant nos jeux charmants
A la gaieté leur cœur se livre
En voyant celle des enfants.
Pour prolonger tes ans, grand'mère,

Donner nos jours serait bien doux ;
Ah ! reste longtemps sur la terre,
Où tu ne vis plus que pour nous.

A un Oncle et une Tante.

Je ne suis qu'un petit enfant,
Mais j'aime mon oncle et ma tante;
Pour eux mon cœur reconnaissant
Exhale une prière ardente.
Je la répète chaque jour,
Le Ciel n'y peut être insensible;
Ah ! croyez qu'aux vœux de l'amour,
Tout miracle devient possible !

A un Oncle, à une Tante, à un Tuteur.

Ce matin, mon cher oncle [1], un nouvel an commence,
Puisse le Ciel, témoin de ma reconnaissance,
Combler vos jours de biens et de prospérité !
    Et puisse-t-il, pour récompense
    De ma tendresse et de votre bonté,
  Vous accorder tout ce que mon cœur pense,
C'est-à-dire succès, paix de l'âme et santé.

[1] Cher tuteur.

A une Tante.

T'aimer, ma tante, et te le dire,
Sont deux plaisirs que je goûte en ce jour.
A mon bonheur, à ton tendre sourire,
L'on devine ta joie et l'on voit mon amour.
Que Dieu, tante chérie, exauce ma prière ;
Qu'il répande ses dons sur moi,
Tu seras bien heureuse ! et moi je serai fière
De me montrer digne de toi.

A une Tante absente.

Ma tante, loin de toi, je ne puis chaque jour,
Pour tes nombreux bienfaits, t'exprimer mon amour ;
Mais au moins, crois-le bien, l'ennui de ton absence
N'étouffe point l'ardeur de ma reconnaissance.
Il est vrai que, privé de tes soins délicats,
Je sens ce qui me manque et ce que je désire :
Te voir, me jeter dans tes bras ;
Mais c'est bien surtout pour te dire
Mes regrets, mon chagrin quand je ne te vois pas.

A un Parrain, à une Marraine, à un Bienfaiteur.

L'Éternel, dans sa prévoyance,
Attentif à tous nos besoins,

Voulut entourer notre enfance
De sollicitude et de soins.
Non content qu'une double chaîne
Nous unit à de bons parents.
Dans un parrain, une marraine,
Il leur donne des suppléants.

Que de ces liens tutélaires
Un anneau vienne à se briser,
De notre bonheur solidaires,
C'est à vous de le remplacer ;
Si notre destin, moins sévère,
Nous tient à l'abri des douleurs,
Votre chaîne, douce et légère,
N'est plus qu'une chaîne de fleurs.

Cher parrain et chère marraine,
Mes père et mère selon Dieu,
D'une vie austère et chrétienne
Pour moi vous avez fait le vœu ;
Voudrais-je vous rendre parjures,
Moi qui vous aime et vous dois tant !
Non, non ; mon Dieu, conservez pures
La foi, les mœurs de votre enfant !

A un Parrain.

Que mes souhaits de bonne année
Vous donnent, cher parrain, la joie et le bonheur !
Que votre vie, heureuse et fortunée,

S'écoule dans la paix du cœur !
Plein d'amour, de reconnaissance,
En grandissant, je n'oublierai jamais
Que je fus, dès ma tendre enfance,
Comblé par vous de soins et de bienfaits.

Une orpheline à sa Marraine.

J'étais sans appui, sans parents,
Qui donc me protégeait ? Personne.
Mais le Ciel jamais n'abandonne
L'âme aimante et les cœurs fervents.
Il a pris en pitié ma peine :
Tous les biens que j'avais perdus,
Sages conseils, soins assidus,
Je les trouve dans ma marraine.
Objets de regrets soucieux.
Du haut de la céleste sphère,
Faites sur ma seconde mère
Descendre les faveurs des cieux,
Vers eux s'élève et se partage
Bien souvent mon cœur en émoi,
Marraine, n'en prends pas d'ombrage :
L'autre moitié reste avec toi.

A un Frère, à une Sœur et à divers.

A un Frère aîné.

O frère bien-aimé, toi qui tiens lieu de père
A l'orphelin frappé par un sort trop cruel,
Reçois ici les vœux de l'âme qui t'est chère,
Vœux que pour ton bonheur j'exhale vers le ciel.
De même que la nuit, se couvrant de ses voiles,
      Fait briller mille étoiles
      Au milieu de l'azur,
De même puisses-tu, par un destin prospère,
   Si le Seigneur exauce ma prière,
Compter plus de bonheur, le long de ta carrière,
Qu'on n'entrevoit, le soir, d'astres dans le ciel pur.

A un Frère aîné qui a servi de père à ses frères et sœurs orphelins.

Quand, rappelant à lui les auteurs de nos jours,
Dieu nous laissa petits, dans une peine amère,
Tu nous tendis les bras, tu fus notre secours ;
Nous reçûmes de toi tous les soins d'un bon père.

Sois heureux et béni, Frère, car c'est ta main
Qui seule a soutenu notre marche tremblante ;
C'est le soin prévoyant d'une amitié constante
Qui préserva nos pieds des cailloux du chemin.

Bon ange protecteur, seconde Providence,
Accepte le tribut de l'amour fraternel;
Souris à nos souhaits, en ce jour solenne
Ils sont dictés, pour toi, par la reconnaissance.

Chacun de nous enfin te jure, par ma voix,
De prendre tes leçons, et de rester fidèle
A toutes les vertus dont tu fus le modèle;
Tes exemples toujours seront pour nous des lois.

---

*A une Sœur aînée qui a pris soin de ses frères et
sœurs orphelins.*

Toi qui de nos parents éteints
A presque réparé la perte;
Sœur, qui dans la maison déserte
Servis de mère aux orphelins :

Reçois de notre gratitude
(Le seul trésor qui soit à nous)
Ces vœux que l'amour le plus doux
Forme pour ta béatitude.

Bon ange protecteur, seconde Providence,
Accepte le tribut de l'amour fraternel;
Souris à nos souhaits, en ce jour solennel;
Ils sont dictés, pour toi, par la reconnaissance.
Chacun de nous enfin te jure, par ma voix

De prendre tes leçons, et de rester fidèle
A toutes les vertus dont tu fus le modèle ;
Tes exemples toujours seront pour nous des lois.
Quand le temps pèsera sur ta tête blanchie,
Usant, pour tes bienfaits, d'un bienfaisant retour,
Nous tiendrons de soucis ta vieillesse affranchie ;
  Tes protégés auront leur tour.

A un Bienfaiteur.

Comme un jeune arbrisseau, je crois sous votre ombrage ;
Vos bienfaits, chaque jour, se gravent dans mon cœur.
L'amour et le respect sont les fruits de mon âge :
Je viens vous les offrir, généreux protecteur.

A un Protecteur.

Pour vous récompenser de vos soins tutélaires,
Que Dieu vous donne en tout contentement, plaisir.
Vivez heureux, exempt de tous destins contraires,
De ce cœur tout à vous, c'est l'unique désir.

A un Instituteur.

Voyez autour de vous ce timide assemblage,
Ce sont vos chers enfants qui viennent vous bénir ;

S'ils sont bien peu savants, considérez leur âge ;
Le fruit vert a besoin d'un long temps pour mûrir,
Le soleil cependant fait rougir sur les branches
      La pêche à l'élégant contour,
Et remplace à la fin les fleurs roses et blanches
Par tous les fruits dorés que l'on cueille à leur jour
Vous êtes le soleil, nous sommes les arbustes,
    Et c'est par vous qu'on nous verra donner
Quand nos frêles rameaux deviendront plus robustes
Des fruits que nulle main ne pourra profaner.
Ce sera la vertu, l'amour, la patience,
Le travail assidu, qui ne sait pas dormir,
Le courage à lutter contre toute souffrance,
Un cœur toujours sensible et prêt à secourir ;
Vous nous verrez, enfin, tous, ô notre bon maître,
    Aussi parfaits qu'on le peut ici-bas,
      Et ceux qui nous ont donné l'être
S'en viendront, triomphants, vous presser dans leurs bras

A un Instituteur, à une Institutrice, à un Ecclésiastique.

Dieu, dans sa providence, en réglant les saisons,
Donne à nos jeunes cœurs d'excellentes leçons.
Il a, par ses arrêts, prescrit à la nature
De mûrir ses doux fruits pour notre nourriture.
De notre faible enfance observant les besoins,
Il veut que nos parents nous prodiguent leurs soins.
Plein de bonté pour nous, il allume en notre âme

L'amour le plus sacré, la plus ardente flamme.
Il aime les enfants par prédilection
Il veille avec tendresse à leur instruction.
Quand il répand sur nous ses immenses richesses,
Qu'il donne bons parents, vertueuses maîtresses,
Comment payer le fruit de semblables bienfaits ?
Nous aurons obtenu le plus beau des succès,
S'il accorde à nos vœux ce que le cœur envie,
Ce qui fait le bonheur de la plus sainte vie.
Ce jour sera pour nous rempli de mille attraits,
Si le Seigneur, propice à nos tendres souhaits,
Daigne épancher ses dons sur votre destinée,
Et vous combler de biens pendant toute l'année.

COMPLIMENTS EN VERS

POUR DES FÊTES.

A un Père.

A un Père, son plus jeune enfant.

S'il est vrai que l'amour croisse avec les années,
De t'aimer plus que moi l'on peut se prévaloir;
De mon frère enviant les douces destinées,
De t'aimer comme lui j'aurai du moins l'espoir.

En tout lieu, cependant, je vois qu'on représente
Le Dieu qui tient les cœurs sous les traits d'un enfant
Cette image, je crois, est assez éloquente,
Dans un cœur jeune encor l'amour peut être grand.

Je t'aimerai bien fort quand j'atteindrai cet âge
Dont je vois mes aînés sans cesse s'applaudir;
Mais promettre qu'alors j'aimerai davantage,
Je n'imagine pas pouvoir y parvenir.

A un Père pour sa fête.

Couplet chanté par un petit enfant.

Air : Le premier pas.

Mon cher papa, quelle joyeuse fête.
Pour ton enfant, c'est un jour des plus beaux ;
Et la prière qu'il répète,
C'est que tes jours soient tous des jours de fête
Toujours nouveaux.

D'un fils à son Père.

Pour ta fête, mon tendre père,
Reçois ce beau bouquet de fleurs ;
Que ne puis-je encor pour te plaire,
Avoir des dons plus enchanteurs ?
Mais tu ne tiens pas à l'offrande,
Et qu'elle soit petite ou grande,
Qu'importe ? A tes yeux, les enfants
Valent par leur conduite et non par leurs présents.
Désormais donc, je t'en fais la promesse,
Ta volonté sera ma loi ;
Comme un bon fils, je veux mériter ta tendresse
En me montrant digne de toi.

A un Père, son fils ou sà fille.

Votre divin patron d'un Dieu soigna l'enfance ;
Il a prouvé par là qu'on peut être sauvé
En guidant sa famille au sein de l'innocence,
Et dans tous les états trouver la sainteté.

Couplets d'une jeune fille à son Père, le jour de sa fête.

Air : Jeunes amants.

1er COUPLET.

Combien il a pour moi d'attraits,
Ce jour heureux où ma tendresse
Vient rendre hommage à ces bienfait
Que tu répands sur ma jeunesse !
Jour fortuné, jour de bonheur,
Dès que ton aurore m'éclaire,
Je dis avec joie en mon cœur :
Je vais enfin fêter mon père !

2e COUPLET.

Ainsi que l'on voit au printemps
S'embellir la rose nouvelle,
Exhaler les parfums charmants
Que dans son sein elle recèle,
Ainsi je croîtrai sous tes yeux

Comme une fleur à son aurore;
Toujours je comblerai les vœux
Du tendre père que j'adore

———

Pour la fête d'un Père malade ou convalescent.

1er COUPLET.

Du présent qu'il nous fit, dans le meilleur des pères,
Voulant nous faire encor mieux comprendre le prix,
Le Ciel, nous éprouvant par des transes amères,
Feignit de menacer, père, tes jours chéris.

2º COUPLET.

Nous l'avons tant prié que, touché de nos larmes,
Le bienheureux N., ton auguste patron,
A dit : Pauvres enfants, suspendez vos alarmes,
On ne doit point mourir alors qu'on est si bon !

3e COUPLET.

Dès aujourd'hui, papa, tu renais à la vie ;
Tant de soins importants t'obligent d'y rester !
Désormais tes enfants n'auront plus qu'une envie,
C'est d'alléger le poids qui t'est lourd à porter.

———

Pour fêter le retour d'un Père.

Pourquoi faut-il donc que l'absence
Nous ait fait souffrir ses tourments?

O mon cher papa, ta présence
Rend le bonheur à tes enfants !

De notre mère désolée
Nous avons vu couler les pleurs ;
Loin de toi, son âme isolée
Du temps accusait les lenteurs ;

Car elle était comme une veuve,
Et nous comme des orphelins.
O mon bon père, quelle épreuve
Nous ont fait subir les destins !

Les merveilles qu'avec ivresse
Tes yeux ont vu se déployer,
Valaient-elles notre tendresse
Et les douceurs de ton foyer ?

Oh ! reste parmi nous, mon père,
Nous consolerons tes douleurs !
Tous nos soins tendront à te plaire,
Tes jours seront tissés de fleurs.

A une Mère.

A une Mère, ses enfants.

Pour fêter une tendre mère,
Est-ce assez d'offrir un bouquet ?
Et croyons-nous que, pour lui plaire,

Il nous sufflse d'un souhait !
Pour lui prouver notre tendresse
Il est un moyen bien meilleur :
Ainsi qu'elle, sachons sans cesse
Être fidèles au Seigneur.
Son cœur entendra ce langage ,
Ne savons-nous pas qu'en tout lieu,
Dans toute saison, à tout âge,
Sans partage il faut aimer Dieu ?
Nous savons tous que l'innocence
Est le seul ornement du cœur ;
Et que la première science
Est d'être fidèle au Seigneur.

---

*A une Mère, ses enfants, pour célébrer
sa convalescence.*

Dieu, pour éprouver ta constance,
T'avait frappée ; un mal cruel
Allait te ravir l'existence,
Nous élevions nos mains au Ciel !
Mais tu viens au jour de ta fête
Pour rassurer tous tes enfants,
C'est ainsi qu'après la tempête
Dieu fait renaître le beau temps.

Que ta vie ainsi se prolonge
Au gré de nos pieux désirs ;
Apprends-nous à fuir le mensonge,

A mépriser les faux plaisirs...
Si les pleurs de reconnaissance
Mouillent les yeux de tes enfants,
Dieu comblera leur espérance...
Et pour nous tu vivras longtemps !

Aux malheureux ta vie est chère,
A tes amis, à ton époux ;
Es-tu jalouse de leur plaire ?
Prolonge des moments si doux.
Si cette terre est un passage,
Guides-y nos pas chancelants ;
Qu'ensemble, au céleste héritage,
Nous parvenions en même temps.

De nos souhaits reçois le gage,
Et ne va pas croire vraiment
Que nos bouquets, notre langage,
N'auront point un sort différent :
Nos fleurs se faneront bien vite,
Mais nos cœurs te seront constants ;
L'affection que l'on mérite
Est un bouquet de tous les temps.

———

A une Mère en lui offrant des fleurs.

De l'enfance les fleurs sont l'unique trésor ;
Et de quel prix payer les bienfaits d'une mère ?
Nos souhaits, que peint mal cette offrande éphémère,
Vers Dieu prennent l'essor.

5.

O mère, ta vertu qu'à mes yeux rien n'égale
Pour des enfants bien nés brille de mille attraits;
C'est la fleur du printemps, dont le parfum s'exhale
En cachant ses charmes discrets.

Elle brille à nos yeux comme une blanche étoile,
Rayonnant d'un éclat modeste autant que pur;
Plus scintillante encor quand se lève le voile
Qui cache un ciel d'azur,

A une Mère, pour sa fête.

J'ai ce matin,
Dans mon jardin,
Été cueillir la fleur légère
Que l'aurore printanière
A fait sortir de son bouton.
Elle était à peine entr'ouverte,
Et sa corolle toute verte
Attendait un dernier rayon.
Fleurette, écoute ma prière;
Écoute, ai-je dit doucement:
Ouvre-toi, car c'est pour ma mère
Que je veux ton parfum charmant.
Et la fleur s'est épanouie
Sous les feux du brillant soleil;
Elle s'est encore embellie
De son rayon chaud et vermeil.

Accepte mon hommage

Chère et bonne maman ;
Ton fils est ton ouvrage,
Il est reconnaissant ;
Il passera sa vie
A faire ton bonheur,
Et sa plus chère envie
Est de te vouer son cœur

A une Mère, par son fils aîné.

Si tu peux, maman, dans mes yeux
Lire l'amour que j'ai pour toi dans l'âme,
Tu dois voir quel plaisir m'enflamme,
Combien je suis content, heureux !
Il est si doux, ma tendre mère,
Si bon de te fêter, de t'exprimer combien
Avec toi toute peine est petite, légère,
Et par quel chaste et fort lien
D'amour et de reconnaissance,
Ma faible, ma timide enfance
S'attache à toi, mon appui, mon soutien.
Ma mère, le bon Dieu, qui voit nos destinées
S'écouler près de toi pures et fortunées,
Qui te sait nécessaire à notre vrai bonheur,
Te donnera de paisibles années,
Qu'embellira l'amour qui règne en notre cœur.

D'un petit garçon à sa Mère.

Je suis petit, on me le dit sans cesse,
Je le sais bien ; mais doit-on mesurer
A notre taille la tendresse ?
non vraiment, il faut considérer
Que c'est surtout dans le jeune âge
Qu'on aime le mieux sa maman,
chaque jour on fait l'apprentissage
De la chérir plus tendrement.
Quand donc, dans une joie extrême,
Je dis qu'en toi je trouve mon bonheur,
Tu ne peux douter que je t'aime,
Bonne mère, de tout mon cœur.

Bouquet offert à une Maman par son petit garçon.

1er COUPLET.

Air : Aussitôt que la lumière.

Pour ta fête, tendre mère,
Je n'ai qu'une simple fleur ;
Cet ornement du parterre
Est le gage de mon cœur.
Si la fleur que je cultive
Ne dure que peu d'instants,
Ma tendresse pure et vive
Saura triompher du temps.

2e COUPLET.

La fleur que, dans mon enfance,
Ma main cultiva pour toi,
Te peint ma reconnaissance
Des soins que tu prends de moi.
Si, dans l'art de la culture,
Je suis encore un enfant,
Au moins j'offre à la nature
Le bouquet du sentiment.

Bouquet.

Tiens, petite maman, reçois ce beau bouquet
      Au nom de la nature ;
Si ma main l'a cueilli, c'est l'amour qui l'a fait
      Pour être ta parure.
Je voudrais bien y joindre un tendre compliment ;
      Mais je ne sais que dire.
Toi qui lis dans mon cœur, tu sais quel sentiment
      Et m'anime et m'inspire.
Ces éloquentes fleurs parleront mieux que moi,
      En ce grand jour de fête.
Elles te peindront mieux ce que je sens pour toi...
      Car j'ai plus de cœur que de tête.

Autre.

De ta petite fille,
Que tu trouves gentille,
Reçois, chère maman, les modestes souhaits ·
Ce jour sera pour moi rempli de mille attraits.
Que ta vive tendresse
M'accueille et me caresse ;
Embrasse ton enfant :
Mon cœur sera content.

Autre.

Si t'aimer, t'honorer, te le dire sans cesse,
Pouvait jamais payer le prix de ta tendresse ;
Si par là j'avais l'art d'accroître ton bonheur,
Je t'ouvrirais sans fin les trésors de mon cœur.
Pour ta fête je veux, ô bonne et tendre mère !
T'offrir non des bouquets (la fleur est éphémère),
Mais un constant amour, et les souhaits pieux
Que pour toi ma jeune âme adresse au Roi des cieux.

D'une petite fille à sa Mère, en lui donnant un
petit objet travaillé par elle.

Ma mère, d'un œil complaisant
Accueille ce petit présent ;

Fait de mes mains ; il n'a pas grand mérite,
C'est un bien modeste cadeau,
Mais il te vient de ta petite,
Et l'œil indulgent voit en beau.

———

O toi que je vénère,
Toi qui fais mon bonheur,
Pour ta fête ma mère [1],
Je te donne mon cœur.
C'est un bien faible hommage;
Mais de quoi disposer ?
Si tu veux davantage,
Accepte ce baiser.

———

Mère, c'est aujourd'hui ta fête,
C'est jour de joie et de bonheur !
J'ai des fleurs pour orner ta tête,
Un baiser pour charmer ton cœur.

J'ai des vœux aussi que j'adresse
A Dieu qui peut les exaucer;
J'y joins une extrême tendresse
Et le besoin de t'embrasser.

———

Une petite fille à sa Mère le jour de sa fête.

De votre fête, ô bonne mère,
J'ai salué l'heureux retour;

[1] Mon père.

La nuit, si courte d'ordinaire,
Paraissait longue à mon amour !
Mais qu'avais-je besoin d'attendre
L'occasion de vous fêter ?
Ce que mon cœur aime à dicter
Vous aimez toujours à l'entendre.

Mère indulgente, à mes souhaits
Prêtez une oreille facile ;
Ma bouche, à mes vœux indocile,
S'exprime en termes imparfaits.
Mais la tendresse, en son ardeur,
Des mots peut-elle être l'esclave ?
L'amour brûlant, comme une lave,
A flots pressés jaillit du cœur.

Qu'importe que je sache dire
Ces phrases propres à charmer ?
Qu'importe que je sache écrire,
Puisque mon âme sait aimer ?
Votre œil au fond de ma pensée
Lira sans peine mon désir ;
C'est qu'à votre douleur passée
Succède un éternel plaisir !

A une Mère malade.

L'amour, petit enfant, est notre camarade.
Ce matin, je lui dis : Donne-moi le moyen
De guérir ma mère malade :
Sois sage, me dit-il, et puis aime-la bien.

A une Mère adoptive.

1er COUPLET.

J'allais oublier votre fête,
Oublier aussi votre nom !
Mais c'est une erreur de ma tête
Bien digne de votre pardon :
Dès qu'on vous connaît, on ne pense
Qu'au pouvoir qui chez vous séduit,
C'est le nom seul de PROVIDENCE
Qui vient tout d'abord à l'esprit.

2e COUPLET.

Seule, ange de votre famille,
Vous n'oubliez que vos besoins,
Et mère, et sœur, et fils, et fille
Ont absorbé vos tendres soins ;
Et sous votre aile hospitalière
Vous avez encore abrité
L'orphelin, qui vous crut la mère
Dont il était déshérité.

3e COUPLET.

Vous avez su trouver encore,
Comme si vous aviez cent cœurs,
Pour l'amitié qui vous adore,
Mille bienfaits, mille douceurs.
Enfin, à l'indigente enfance
Consacrant vos veilles, vos jours,

Pour tous vous êtes Providence,
De tous vous avez les amours.

A des Parents adoptifs.

Hélas ! je n'étais rien qu'une enfant orpheline ;
Vous m'avez recueillie, ô mes parents aimés ;
Vous avez eu pitié de mon âme enfantine,
Et vos bras devant moi ne se sont pas fermés.
Vous m'avez donné tout votre être,
Tous vos soins et tout votre amour,
Et par vous j'appris à connaitre
Comment la nuit du deuil se change en un beau jour.
Cette faveur insigne,
Je la sens dans mon cœur ; mais comment l'exprimer ?
Je crois pourtant que j'en suis digne,
Car, ô mes chers parents, je sais bien vous aimer.

A un Grand-Père, à une Grand'Mère.

A un Grand-Père.

Cher bon-papa, vous dont l'expérience
Ramène au bien les cerveaux étourdis,
Je veux par vous, toujours plein d'espérance,
Vers le devoir marcher à pas hardis.

Soutenez-moi, votre douce parole
Instruit, réchauffe, et console à la fois.
De la vertu vous êtes le symbole,
   Elle parle dans votre voix.

Ah! que ne puis-je échanger mes années,
   Pleines, hélas, de frivoles plaisirs,
Pour les vôtres toujours de vertus couronnées,
   Je n'aurais plus aucuns désirs.
Car si le temps jaloux frappe et ravage,
   Il sait du moins mûrir les jeunes cœurs,
Et si jamais je parviens à votre âge,
Je veux d'un doux sourire animant mon visage,
Cacher ainsi que vous la neige sous les fleurs.

A une Grand'Maman par son petit-fils.

Je voudrais être grand pour parler comme un sage,
Je ne sais rien encor, car je suis si petit
Que je pense plutôt aux plaisirs de mon âge,
Qu'à me creuser la tête en cherchant de l'esprit.
Vous dont les cheveux blancs annoncent la prudence,
Servez-moi de soutien, ô bonne grand'maman ;
Par vos justes conseils éclairez mon enfance,
Et comme je vous aime, aimez-moi tendrement.

A un Oncle et à une Tante.

—

A un Oncle.

Mon cher oncle, en ce jour de fête
Tout est paré de riantes couleurs ;
A te fêter ta famille s'apprête,
Amis, parents, te couronnent de fleurs.
Chacun veut te prouver qu'il t'aime,
Chacun trouve un bonheur suprême
A te voir gai, content, heureux.
Mon cher oncle, en retour de ta tendresse extrême,
Daigne donc accepter mon hommage et mes vœux.

———

A un Oncle, à une Tante, à un Bienfaiteur.

Pour te fêter en ce beau jour,
Je trouve en moi peu d'éloquence ;
Et pourtant j'ai beaucoup d'amour,
De respect, de reconnaissance ;
Mais si je reste interdit, incertain,
C'est moins faute d'amour que faute de science ;
Car si je t'exprimais tout ce que mon cœur pense,
Nous serions encor là demain.

A une Tante.

Que je dirais de belles choses,
En t'offrant mon bouquet de roses,
Si j'avais seulement quinze ans!
Mais que peut-on dire à mon âge?
Comme la vérité, selon le vieil adage,
Le savoir n'est pas le partage
De jeunesse folâtre et des petits enfants.
On aime, et l'on ne sait où trouver un langage
Pour rendre ce qu'on peut penser;
Mais si de bien parler je n'ai pas l'avantage,
Au moins je puis t'aimer et t'embrasser.

———

A un Parrain, à une Marraine et à divers

—

A un Parrain.

Agréez ma reconnaissance,
Cher parrain, pour tous vos bienfaits;
Car mon cœur n'oubliera jamais
Que, pour moi dès ma tendre enfance,
Vos soins furent toujours parfaits.
Comblé de dons par votre bienveillance,
Je prierai Dieu pour qu'il vous récompense,
Et qu'il vous donne et la joie et la paix.

Une filleule à sa Marraine.

Dans cette heureuse et riante journée,
Où tous les cœurs sont joyeux et contents,
Pour une fête ardemment désirée
J'ai préparé maints jolis compliments ;
   Car je voudrais aussi, marraine,
   Cédant à l'amour qui m'entraîne,
   Vous faire part de mes souhaits ;
   Mais en voyant tous vos bienfaits.
   Mon cœur plein de reconnaissance,
   Dans sa naïve et tendre enfance,
   Ne peut, hélas ! vous exprimer
   Que le désir de vous aimer,
   Et de vous voir couler, sans cesse,
   Vos jours au sein de l'allégresse,
   La joie et la félicité.
   Puisse mon cœur être écouté,
   Et le Dieu que pour vous j'implore
   Vous accorder longtemps encore
   Santé, gaîté, plaisir, bonheur !
   Tels sont les désirs de mon cœur.

Une jeune orpheline à sa Marraine, pour de sa fête.

te donnerai-je, ô bienfaisante amie,
dis pour moi caution devant Dieu ?

Toi qui m'accompagnas aux portes du saint lieu
Pour inscrire mon nom sur le livre de vie,
Comment t'exprimerai-je, en ce jour de bonheur,
Tout l'amour que pour toi je ressens dans mon cœur ?

J'ai trouvé dans tes soins une seconde mère :
Tu diriges mon âme et veilles sur mes jours !
Poursuis, chère marraine, et ton double secours
Allégera le poids d'une existence amère.
A tes engagements tu ne failliras pas ;
Tu seras mon refuge au Ciel comme ici-bas.

Et moi qui n'ai, mon Dieu, que ma reconnaissance
Pour payer un tribut à de si grands bienfaits,
Comment former pour toi des vœux assez parfaits ?
Mais Dieu prendra pitié de mon insuffisance ;
Il te prodiguera les ans et le bonheur
Que te souhaite ici la fille de ton cœur !

Sois heureuse, marraine ! Et quand de cette vie
Le temps aura brisé les terrestres liens,
Quand s'ouvrira pour toi la source de tous biens,
Sois dans l'éternité par les Anges bénie !
C'est le prix que Dieu garde, au céleste séjour,
Pour qui fut ici-bas digne de tant d'amour.

Une orpheline à ses Bienfaitrices.

Que pouvait la pauvre orpheline,
Seule au milieu de l'univers ?
Ah ! c'est votre pitié divine

Qui l'a soustraite aux durs hivers.
Grâce à votre bonté, l'enfant n'a plus à craindre
Les persécutions d'un sort plein de rigueur ;
Ce qu'elle sent pour vous, elle ne peut le peindre,
Mais vos yeux savent bien pénétrer dans son cœur.

Un frère à son Frère aîné.

La nature a dicté son précepte et sa loi,
Son arrêt est sacré : nul autre plus que moi
N'a le droit de t'aimer ; pour t'en donner la preuve,
Je voudrais chaque jour être mis à l'épreuve.
Avec qui le voudra je soutiendrai l'assaut ;
Jamais tu ne verras ma tendresse en défaut.
Un frère est un ami qu'en tout temps on préfère,
Et n'a d'autres rivaux que son père et sa mère.
Pour ta fête, cher frère, accepte donc ces fleurs,
Gage de notre amour, emblème de nos cœurs.
En te faisant venir avant moi dans la vie,
Dieu voulut mon bonheur, et je l'en remercie.
Tes vertus, ton esprit, ton caractère aimant
Me promettent toujours un protecteur puissant,
Si l'aveugle destin, par un de ses caprices,
M'exposait au danger de quelques précipices.

Une sœur à son Frère.

Frères et sœurs par la nature
Furent formés pour être unis ;

De cette affection si pure,
Mon frère, sens-tu tout le prix ;
De bonheur que ton cœur s'agite
Ou qu'il soit brisé de douleur,
Un autre à l'unisson palpite,
C'est toujours celui de ta sœur.

Souvent, la jeunesse volage,
Dans la carrière des plaisirs,
Poursuit une trompeuse image
Qui ne peut combler ses désirs ;
Mais que du monde les faux charmes
Détruisent son rêve enchanteur,
Quelle main va sécher ses larmes ?
Ce sera celle d'une sœur !

Lorsque du temps la main sévère,
Au vieillard blanchi par les ans,
Enlève une épouse bien chère
Et disperse au loin ses enfants,
Sur le déclin de sa carrière,
Il trouve encor quelque douceur,
Si, pour lui fermer la paupière,
Le Ciel lui conserve une sœur.

Cette chaîne a plus de durée
Qu'un autre attachement nouveau ;
Dès notre berceau consacrée,
Elle nous suit jusqu'au tombeau.
D'autres objets pourront te plaire
Et se disputeront ton cœur ;
Mais jamais personne, mon frère,
Ne t'aimera mieux que ta sœur.

A une Sœur aînée.

La mort avait frappé la meilleure des mères,
Que devenir alors, moi, débile arbrisseau ?
Je n'avais plus pour voix que des larmes amères,
Et mes pleurs déchirants inondaient mon berceau.
Mais en toi j'ai trouvé le secours le plus tendre ;
Ton cœur, pour me guérir, fit trêve à sa douleur,
Et mon chagrin cessa, lorsque je pus entendre
Résonner sur mon front le baiser de ma sœur.
Tu remplaces pour moi la sainte Providence ;
Toujours prête à me pardonner,
Dans l'avenir tu mets ton espérance,
Et tu ne sais pas condamner.
Oh ! je veux à mon tour payer cette tendresse,
Par mon travail et ma docilité,
Afin de te prouver sans cesse
Que mon cœur prétend s'acquitter.

A un Tuteur.

Toi qui veux bien protéger mon enfance,
O cher tuteur, sais-tu lire en mes yeux
Combien pour toi j'ai de reconnaissance ?
Si j'étais grand, je l'exprimerais mieux.
Un seul regard suffit-il pour le dire ?
Ah ! dans le mien tu devines mon cœur,
Car tous les mots que la main peut écrire
Béniraient-ils un bienveillant tuteur ?

Il me faudrait une grande éloquence
Pour exhaler tout ce que je ressens,
   Et pourtant garder le silence
   Blesse les cœurs reconnaissants.
Accueille donc aujourd'hui cet hommage,
Ne cesse pas de me tendre la main,
De la vertu toi qui m'offres l'image,
Tu me verras toujours marcher sur ton chemin.

———

A un Instituteur, à une Institutrice, à un Ecclé-
siastique.

POUR LA FÊTE D'UNE SUPÉRIEURE OU D'UNE MAITRESSE
DE PENSION, NOMMÉE MARIE.

Comme votre sainte patronne,
Modèle d'amour maternel,
Vous êtes bienfaisante, bonne !
Vous répandez la paix du Ciel.
Mère tendre autant que prudente,
A tous ses maux l'humanité
Vous rencontre compatissante,
Pleine d'amour, de charité.

Celui qui gémit et qui souffre
Ne vous le dit jamais en vain ;
A l'âme glissant dans le gouffre
Vous tendez encor votre main ;
Vous avez ravi bien des proies
A l'esprit du mal confondu ;

Vous avez donné bien des joies
Au cœur qui se croyait perdu.

On voit aussi, par votre zèle,
Bien des cœurs réconciliés ;
D'autres qu'une voix sainte appelle
Viennent se jeter à vos pieds :
C'est près de vous que la jeunesse
Cherche un salutaire conseil ;
Par vos soins, en paix, la vieillesse
De la mort attend le réveil.

Humble comme la Vierge-Mère,
Vous cachez vos nombreux bienfaits ;
La louange la plus sincère
Vous est pénible !... je me tais.
Celle dont nous faisons mémoire
Recueille tous nos vœux pour vous,
Vous devez partager sa gloire ;
Mais restez longtemps parmi nous.

A un Ecclésiastique.

Vous m'avez de la main montré la route sainte,
Où le Seigneur se plait à veiller sur les siens ;
M'enseignant tour à tour et l'amour et la crainte,
Vous m'avez su former par de beaux entretiens.
Recevez de nouveau l'hommage bien sincère
D'une âme jeune encor qui chérit le Sauveur,
Car elle a votre cœur pour lui servir de père
Et dans la foi par vous trouve le vrai bonheur.

Le Chêne et le Roseau.

Le chêne un jour dit au roseau :
Vous avez bien sujet d'accuser la nature ;
Un roitelet pour vous est un pesant fardeau ;
        Le moindre vent qui, d'aventure
        Fait rider la face de l'eau
        Vous oblige à baisser la tête ;
Cependant que mon front, au Caucase pareil,
Non content d'arrêter les rayons du soleil,
        Brave l'effort de la tempête.
Tout vous est aquilon, tout me semble zéphyr.
Encore si vous naissiez à l'abri du feuillage
        Dont je couvre le voisinage,
        Vous n'auriez pas tant à souffrir ;
        Je vous défendrais de l'orage :
        Mais vous naissez le plus souvent
Sur les humides bords des royaumes du vent.
La nature, envers vous, me semble bien injuste.
Votre compassion, lui répondit l'arbuste,
Part d'un bon naturel, mais quittez ce souci ;
        Les vents me sont moins qu'à vous redoutables
Je plie et ne romps pas. Vous avez jusqu'ici
        Contre leurs coups épouvantables
        Résisté sans courber le dos : •
Mais attendons la fin. Comme il disait ces mots
Du bout de l'horizon accourt avec furie
        Le plus terrible des enfants
Que le Nord eût portés jusque-là dans ses flancs
        L'arbre tient bon, le roseau plie.

Le vent redouble ses efforts,
   Et fait si bien qu'il déracine
Celui de qui la tête au ciel était voisine
Et dont les pieds touchaient à l'empire des morts.

Les deux Voyageurs.

Le compère Thomas et son ami Lubin
Allaient à pied tous deux à la ville prochaine.
   Thomas trouve sur son chemin
   Une bourse de louis pleine;
Il l'empoche aussitôt. Lubin, d'un air content,
Lui dit: Pour nous la bonne aubaine!
   Non, répond Thomas froidement,
Pour nous n'est pas bien dit, *pour moi*, c'est différent.
Lubin ne souffle plus; mais, en quittant la plaine,
Ils trouvent des voleurs cachés au bois voisin.
   Thomas tremblant, et non sans cause,
Dit : Nous sommes perdus! Non, lui répond Lubin,
Nous n'est pas le vrai mot; mais *toi* c'est autre chose.
Cela dit, il s'échappe à travers les taillis.
Immobile de peur, Thomas est bientôt pris;
   Il tire la bourse et la donne.
Qui ne songe qu'à soi quand la fortune est bonne,
   Dans le malheur n'a point d'amis.

FIN.

TABLE DES MATIÈRES.

PREMIÈRE PARTIE

COMPLIMENTS EN PROSE POUR LE JOUR DE L'AN.

COMPLIMENTS EN PROSE POUR LES FÊTES.

DEUXIÈME PARTIE

FIN DE LA TABLE.

3,511-81 — CORBEIL, TYP. ET STÉR. CRÉTÉ.